D1332993

Kangou et Petit Rou arrivent dans la Forêt

A.A. MILNE
ILLUSTRÉ PAR
ERNEST H. SHEPARD

GALLIMARD

Personne n'avait l'air de savoir d'où
ils venaient, mais ils étaient là dans la Forêt :
Kangou et le Petit Rou. Lorsque Winnie
l'Ourson demanda à Christophe Robin :
« Comment sont-ils venus ici ? » Christophe

Robin répondit : « Comme on y vient d'habitude, si tu comprends ce que je veux dire, Winnie » ; et Winnie, qui ne comprenait pas, dit : « Oh ! » Puis il hocha deux fois la tête et dit : « Comme on y vient d'habitude. Ah ! » Ensuite il s'en alla rendre visite à son ami Cochonnet pour voir ce qu'il en pensait. Et chez Cochonnet il trouva Lapin. Et ils discutèrent la question tous ensemble.

– Voici ce qui me déplaît dans cette affaire, dit Lapin. Nous sommes tous ici, toi, Winnie et toi, Cochonnet, et Moi, ... et brusquement...

– Et Hi-han, dit Winnie.

– Et Hi-han, ... et puis, brusquement...

– Et Hibou, dit Winnie.

– Et Hibou, – et puis, très brusquement...

– Oh, et Hi-han, dit Winnie. J'avais oublié Hi-han.

– Nous-sommes-tous-ici, dit Lapin très lentement et très soigneusement, tous-tant-

que-nous-sommes, et puis, brusquement,
nous nous réveillons un beau matin,
et que trouvons-nous ? Nous trouvons
un Animal Étranger parmi nous. Un animal
dont nous n'avons jamais entendu parler
auparavant ! Un animal qui porte sa famille
sur lui dans sa poche ! Supposez que Moi
je porte Ma famille sur Moi dans Ma poche,
combien de poches me faudrait-il ?

   – Seize, dit Winnie.

   – Dix-sept, je crois, dit Lapin. Et une de
plus pour mon mouchoir, ça fait dix-huit.
Dix-huit poches pour un costume ! Je n'ai
pas le temps.

   Il y eut un long silence pensif... et puis,
Winnie, qui avait froncé les sourcils très fort
pendant quelques minutes, dit :

   – Pour moi, ça fait quinze.

   – Quoi ? dit Lapin.

   – Quinze.

   – Quinze quoi ?

   – Ta famille.

   – Eh bien, quoi, ma famille ?

   Winnie se frotta le nez et dit qu'il croyait
que Lapin venait de parler de sa famille.

– Vraiment ? dit Lapin négligemment.

– Oui, tu as dit...

– Ça n'a pas d'importance, Winnie, dit Lapin d'un ton impatient. La question est de savoir ce que nous allons faire de Kangou.

– Oh ! je vois, dit Winnie.

– Le meilleur parti à prendre, dit Lapin, serait le suivant. Le meilleur parti à prendre serait de voler le Petit Rou et de le cacher, et puis lorsque Kangou dit : « Où est le Petit Rou ? » nous, nous disons : « Aha ! »

– Aha ! dit Winnie pour s'exercer. Aha ! Aha !... Bien sûr, continua-t-il, nous pourrions dire : Aha ! même si nous n'avions pas volé le Petit Rou.

– Winnie, dit Lapin gentiment, tu n'as pas de cervelle.

– Je sais, dit Winnie humblement.

– Nous disons : Aha ! pour que Kangou sache que nous savons, nous, où se trouve le Petit Rou. Aha ! signifie : Nous te dirons où se trouve le Petit Rou si tu nous promets de quitter la Forêt et de ne jamais revenir. Et maintenant, je te prie de ne pas parler pendant que je réfléchis.

Winnie s'en alla dans un coin et essaya
de dire : « Aha ! » avec la voix qu'il fallait.
Parfois il lui semblait que ça voulait bien dire
ce qu'avait dit Lapin, et parfois il lui semblait
que ça ne voulait pas dire ça du tout.
« Je suppose que c'est une question
d'entraînement, pensa-t-il. Je me demande
si Kangou, elle aussi, devra s'entraîner
pour comprendre ce que ça veut dire. »

    – Il y a encore une chose,
dit Cochonnet, un peu nerveusement.
J'ai parlé à Christophe Robin,
et il m'a raconté que Kangou était
généralement Considérée comme
Un des Animaux Sauvages. Je n'ai pas peur
des Animaux Sauvages en temps ordinaire,
mais c'est un fait bien connu que, si on Enlève
Son Petit à Un des Animaux Sauvages,
il devient aussi sauvage que Deux Animaux
Sauvages. Et dans ce cas, c'est peut-être
une sottise de dire : Aha !

    – Cochonnet, dit Lapin, en tirant
un crayon et en en léchant la mine,
tu n'as pas du tout de cran.

    – Il est difficile d'être courageux, dit

Cochonnet en reniflant un peu, quand
on est un Très Petit Animal.

Lapin, qui avait commencé à écrire d'un air
très affairé, leva les yeux et dit :

– C'est parce que tu es un très petit animal
que tu seras Utile dans l'aventure qui nous
attend.

Cochonnet fut tellement transporté à l'idée
d'être Utile qu'il en oublia d'avoir peur,
et quand Lapin continua en disant que
les Kangous n'étaient sauvages que pendant
les mois d'hiver, mais que, le reste du temps,
ils étaient d'Humeur Affectueuse, c'est tout
juste s'il put rester en place, tellement il avait
envie de commencer à être utile tout de suite.

– Et moi ? dit Winnie tristement.
Je suppose que je ne serai pas utile, moi ?

– Ça ne fait rien, Winnie, dit Cochonnet
pour le consoler. Ce sera pour une autre fois.

– Sans Winnie, dit Lapin solennellement
en aiguisant son crayon, l'aventure serait
impossible.

– Oh ! dit Cochonnet.

Et il essaya de ne pas avoir l'air
désappointé. Mais Winnie s'en alla dans

un coin de la pièce et se dit fièrement : « Impossible sans Moi ! Voilà quelle espèce d'Ours je suis. »

– Et maintenant, écoutez tous, dit Lapin quand il eut fini d'écrire, et Winnie et Cochonnet restèrent assis à écouter avidement, la bouche ouverte. Et voici ce que Lapin lut à haute voix :

PLAN POUR CAPTURER LE PETIT ROU

1) Remarques Générales. Kangou court plus vite que n'importe lequel d'entre Nous, Moi compris.

2) Remarques Plus Générales. Kangou ne perd jamais de vue le Petit Rou, sauf quand il est enfermé en sécurité dans sa poche.

3) En Conséquence : Si nous nous proposons de capturer le Petit Rou, nous devons prendre Beaucoup d'Avance, parce que Kangou court plus vite que n'importe lequel d'entre Nous, Moi compris. (Voir n° 1.)

4) Une Idée. Si Rou avait sauté hors de la poche de Kangou, et si Cochonnet avait sauté dedans, Kangou ne s'apercevrait pas de la différence parce que Cochonnet est un Très Petit Animal.

5) Comme Rou.

6) Mais il faudrait d'abord que Kangou regarde dans une autre direction, afin de ne pas voir Cochonnet sauter dans sa poche.

7) Voir n° 2.

8) Autre Idée. Mais si Winnie lui parlait d'un air très excité, elle pourrait regarder dans une autre direction pendant un moment.

9) Et alors je pourrais m'enfuir avec Rou.

10) Rapidement.

11) Et Kangou ne s'apercevrait de la différence que Plus Tard.

Donc, Lapin lut cela fièrement, à haute voix et, pendant quelque temps après qu'il eut fini, personne ne dit mot. Et puis, Cochonnet, qui avait ouvert et fermé la bouche sans faire de bruit, réussit à dire d'une voix étranglée :

– Et... Plus Tard ?

– Qu'est-ce que tu veux dire ?

– Lorsque Kangou S'apercevra
de la Différence ?

– Alors nous disons tous : Aha !

– Nous tous les trois ?

– Oui.

– Oh !

– Pourquoi, qu'est-ce qui te tracasse,
Cochonnet ?

– Rien, dit Cochonnet, du moment
que nous le disons tous les trois. Du moment
que nous le disons tous les trois, dit Cochonnet,
ça m'est égal, dit-il ; mais ça ne m'aurait
pas plu de dire : Aha ! tout seul. Il s'en faudrait
de beaucoup que ça soit aussi bien.
A ce propos, dit-il, tu es *bien sûr* de ce que
tu as dit au sujet des mois d'hiver.

– Des mois d'hiver ?

– Oui, au sujet d'être Sauvages seulement
pendant les Mois d'Hiver ?

– Oh, oui, bien sûr, c'est tout à fait exact.
Eh bien, Winnie, tu vois ce que tu as à faire ?

– Non, dit Winnie. Pas encore.
Qu'est-ce que j'ai à faire ?

– Eh bien, il faut simplement
que tu parles à Kangou tant
que tu pourras, afin qu'elle ne
s'aperçoive de rien.

– Oh ! De quoi faudra-t-il
parler ?

– De tout ce qu'il te plaira.

– Tu veux dire lui réciter
un bout de poésie, ou quelque
chose de ce genre ?

– C'est ça, dit Lapin. C'est superbe.
Et maintenant, venez.

Et ils sortirent tous les trois à la recherche
de Kangou.

Kangou et Rou étaient en train de passer
un paisible après-midi dans une partie
sablonneuse de la Forêt. Le Petit Rou
s'entraînait à faire de tout petits sauts dans
le sable, et tombait dans des trous de souris
et en sortait, et Kangou s'agitait nerveusement
autour de lui et disait :

– Rien qu'un saut de plus, mon chéri,
et après ça il nous faudra rentrer.

Et, à ce moment-là, qui est-ce qui monta
la colline clopin-clopant si ce n'est Winnie.

– Bonjour, Kangou.

– Bonjour, Winnie.

– Regarde-moi sauter, glapit Rou ;
et il tomba dans un autre trou de souris.

– Bonjour, Rou, mon petit.

– Nous allions rentrer, dit Kangou.
Bonjour, Lapin. Bonjour, Cochonnet.

Lapin et Cochonnet, qui venaient
de grimper de l'autre côté de la colline,
dirent : « Bonjour », et : « Comment va, Rou ? »
et Rou leur demanda de le regarder sauter,
et ils s'arrêtèrent pour le regarder.

Et Kangou regardait, elle aussi...

– Dis donc, Kangou, dit Winnie, après que
Lapin lui eut cligné de l'œil à deux reprises,
je me demande si tu t'intéresses à la Poésie ?

– Presque pas du tout, dit Kangou.

– Oh ! dit Winnie.

– Rou, mon chéri, rien qu'un saut de plus,
et après ça il nous faudra rentrer.

Il y eut un court silence tandis que Rou
tombait dans un autre trou de souris.

– Continue, murmura Lapin derrière
sa patte.

– A propos de poésie, dit Winnie,

j'ai composé quelques vers en venant ici.
Ça disait comme ceci. Hum, voyons,
que je réfléchisse...

   – Pas possible ! dit Kangou. Allons, Rou,
mon chéri...

   – Ces vers te plairont, dit Lapin.

   – Ils te plairont énormément,
dit Cochonnet.

– Il faudra que tu écoutes très attentivement, dit Lapin.

– Afin de bien tout saisir, dit Cochonnet.

– Oh, bien sûr, dit Kangou, mais elle continuait à regarder le Petit Rou.

– Comment est-ce que ça disait, Winnie ? dit Lapin.

Il toussota et commença :

VERS ÉCRITS PAR UN OURS DE TRÈS PEU DE CERVELLE

Lundi, quand il ne fait pas froid,
Je me demande bien des fois :
Est-il bien vrai, dites-le moi,
Que quoi soit qui et qui soit quoi ?

Mardi, quand il neige et qu'il grêle,
L'idée me vient dans la cervelle
Que personne ne se rappelle
Si elle est lui ou lui est elle.

Mercredi, quand le ciel est bleu,
Lorsque je ne fais rien de mieux,
Je me demande s'il se peut
Que que soit qui et qui soit que.

Jeudi, quand le gel me saisit,
Quand sur les toits le givre luit,
Alors je comprends, Dieu merci !
Que cela ne vaut pas ceci.

Vendredi...

– Oui, n'est-ce pas ? dit Kangou,
sans attendre pour écouter ce qui se passait
le vendredi. Rien qu'un saut de plus, Rou,
mon chéri, et après cela il faudra absolument
que nous rentrions.

Lapin donna un coup de coude à Winnie
afin qu'il se dépêche.

– A propos de Poésie, reprit vivement Winnie
as-tu jamais remarqué l'arbre qui est là-bas ?

– Où ça ? dit Kangou. Allons, Rou...

– Juste là-bas, dit Winnie, en montrant
du doigt derrière le dos de Kangou.

– Non, dit Kangou. Allons, saute
dans ma poche, Rou, mon chéri,
et nous rentrerons à la maison.

– Tu devrais regarder cet arbre qui est
juste là-bas, dit Lapin. Veux-tu que je t'aide
à entrer, Rou ?

Et il souleva Rou dans ses pattes.

– Je peux y voir un oiseau depuis ici, dit Winnie. Ou bien, est-ce un poisson ?

– Tu devrais voir cet oiseau depuis ici, dit Lapin. A moins que ça ne soit un poisson.

– Ça n'est pas un poisson, c'est un oiseau, dit Cochonnet.

– C'est ma foi vrai, dit Lapin.

– Est-ce un étourneau ou un merle ?
dit Winnie.

– Toute la question est là, dit Lapin.
Est-ce un merle ou un étourneau ?

Et alors Kangou tourna enfin la tête
pour regarder. Et dès qu'elle eut tourné
la tête, Lapin dit à haute voix :

– Allez, saute, Rou !

Et voilà Cochonnet qui saute dans la poche
de Kangou, et voilà Lapin qui décampe,
en tenant Rou entre ses pattes, aussi vite
qu'il le peut.

– Tiens, où est donc Lapin ? dit Kangou
en se retournant. Es-tu bien, Rou, mon chéri ?

Cochonnet fit entendre un glapissement
à la manière de Rou, du fond de la poche
de Kangou.

– Lapin a été obligé de partir, dit Winnie.
Je pense qu'il a dû penser à quelque chose
dont il devait aller s'occuper brusquement.

– Et Cochonnet ?

– Je pense que Cochonnet a pensé
à quelque chose au même moment.
Brusquement.

— Eh bien, il faut que nous rentrions,
dit Kangou. Au revoir, Winnie.

Et en trois grands bonds elle disparut.
Winnie la regarda partir.

— Je voudrais bien pouvoir sauter comme
ça, pensa-t-il. Certains peuvent et d'autres
non. Voilà comment sont les choses.

Mais il y avait des moments où Cochonnet
aurait bien voulu que Kangou ne puisse
pas sauter. Souvent, quand il lui avait fallu
marcher longtemps pour rentrer chez lui,
il lui était arrivé de souhaiter d'être un oiseau ;
mais à présent il pensait par saccades au fond
de la poche de Kangou :

je

c'est   *jamais   n'y*

Si   ça   *prendrai*

qu'on   voler   *goût*

appelle

Et quand il montait il disait : « Oooooo ! »
et quand il retombait il disait : « Aïe ! »
Et il n'arrêta pas de dire : « Oooooo-aïe,
Oooooo-aïe, Oooooo-aïe ! » jusqu'à ce qu'il
arrive à la maison de Kangou.

Naturellement, dès que Kangou eut
déboutonné sa poche, elle vit ce qui s'était
passé. Pendant un tout petit moment elle crut
qu'elle avait peur, et puis elle comprit qu'elle
n'avait pas peur, car elle se sentait tout à fait
sûre que Christophe Robin ne permettrait
jamais qu'on fasse du mal à Rou. Aussi elle se
dit : « S'ils sont en train de me faire une farce,
je vais leur faire une farce de mon côté. »

– Allons, Rou, mon chéri, dit-elle
en sortant Cochonnet de sa poche. Au lit.

– Aha ! dit Cochonnet, aussi bien
qu'il le pouvait après son Voyage Terrifiant.

Mais ce : « Aha ! » n'était pas bien fameux,
et Kangou n'eut pas l'air de comprendre
ce que ça voulait dire.

– D'abord ton bain, dit Kangou, d'une voix
enjouée.

– Aha ! répéta Cochonnet, en regardant
autour de lui anxieusement pour voir
si les autres étaient là.

Mais les autres n'étaient pas là. Lapin était
chez lui en train de jouer avec le Petit Rou
pour qui il éprouvait une affection de plus
en plus grande, et Winnie, qui avait décidé
de devenir un kangou, était encore dans
la partie sablonneuse de la Forêt,
en train de s'entraîner à sauter.

– Je me demande, dit Kangou d'une voix
pensive, si ça ne serait pas une bonne idée
de prendre un bain froid ce soir.
Est-ce que ça te plairait, Rou, mon chéri ?
   Cochonnet qui n'avait jamais vraiment
aimé se baigner, frissonna d'un grand frisson
d'indignation, et dit d'une voix aussi
courageuse que possible :
   – Kangou, je vois que le moment est venu
de parler nettement.
   – Drôle de Petit Rou ! dit Kangou,
tout en préparant l'eau du bain.
   – Je ne suis pas Rou, dit Cochonnet
très haut. Je suis Cochonnet.
   – Oui, mon chéri, bien sûr, dit Kangou
d'un ton apaisant. Et par-dessus le marché,
il imite la voix de Cochonnet ! Comme il est
malin, continua-t-elle, en tirant du placard

un gros morceau de savon noir. Que va-t-il encore inventer d'autre ?

– Est-ce que tu n'y vois pas ? cria Cochonnet. Est-ce que tu n'as pas d'yeux ? Regarde-moi !

– Mais je te regarde, Rou, mon chéri, dit Kangou assez sévèrement. Et tu sais ce que j'ai dit hier à propos de grimaces. Si tu continues à faire des grimaces comme en fait Cochonnet, tu finiras par ressembler à Cochonnet en grandissant, et alors pense combien tu le regretteras ! Allons, maintenant, dans ton bain, et ne m'oblige pas à répéter ce que je viens de te dire.

Avant de savoir où il était, Cochonnet se trouvait dans la baignoire et Kangou le frottait énergiquement avec un grand morceau de flanelle imprégné de mousse de savon.

– Aïe ! cria Cochonnet. Laisse-moi sortir de là ! Je suis Cochonnet !

– N'ouvre pas la bouche, mon chéri, sans ça le savon y entrera, dit Kangou. Là ! qu'est-ce que je t'avais dit ?

– Tu... tu... tu l'as fait exprès, crachota Cochonnet, dès qu'il put retrouver la parole...

Et puis, accidentellement, il avala une autre bouchée de flanelle savonneuse.

– C'est ça, mon chéri, ne parle plus, dit Kangou.

Et, un moment plus tard, Cochonnet était retiré du bain et frictionné avec une serviette.

– Maintenant, dit Kangou, il y a ton remède à prendre, et puis, au lit.

– Qu-qu-quel remède ? dit Cochonnet.

   – Pour que tu deviennes grand et fort,
mon chéri. Tu ne veux pas rester petit
et faible comme Cochonnet, n'est-ce pas ?
Eh bien, alors !

   A ce moment on frappa à la porte.

   – Entrez, dit Kangou ;
et voilà que Christophe Robin entra.

   – Christophe Robin ! Christophe Robin !
cria Cochonnet. Dis à Kangou qui je suis.
Elle persiste à dire que je suis Rou.
Je ne suis pas Rou, n'est-ce pas ?

   Christophe Robin le regarda très
attentivement et fit un signe de tête négatif.

— Tu ne peux pas être Rou, dit-il,
parce que je viens de voir Rou en train
de jouer dans la maison de Lapin.

— Ça, alors ! dit Kangou. Par exemple !
Comment ai-je pu me tromper à ce point ?

— Tu vois bien ! dit Cochonnet. Je te l'avais
bien dit. Je suis Cochonnet.

Christophe Robin fit un autre signe de tête
négatif.

— Oh non, tu n'es pas Cochonnet, dit-il.
Je connais bien Cochonnet,
et il est d'une couleur tout à fait différente.

Cochonnet commença à dire que c'était
parce qu'il venait de prendre un bain,

et puis il pensa qu'il ferait peut-être mieux de ne pas dire cela, et, comme il ouvrait la bouche pour dire autre chose, Kangou y glissa la cuillère de remède, et puis elle lui tapota le dos en lui disant que ça avait vraiment très bon goût quand on y était habitué.

– Je savais bien que ce n'était pas Cochonnet, dit-elle. Je me demande qui ça peut bien être.

– Peut-être que c'est un parent de Winnie, dit Christophe Robin. Un neveu, un oncle, ou quelque chose de ce genre, qu'en penses-tu ?

Kangou convint que c'était sans doute ça, et elle dit qu'ils devraient lui donner un autre nom.

– Je l'appellerai Oursel, dit Christophe Robin. Henri Oursel.

Et juste au moment où il avait décidé cela, Henri Oursel, s'échappa en se tortillant des bras de Kangou, et sauta sur le sol. A sa grande joie, Christophe Robin avait laissé la porte ouverte. Jamais Henri Oursel Cochonnet n'avait couru aussi vite qu'il courut alors, et il n'arrêta pas de courir jusqu'à ce qu'il arrivât tout près de sa maison.

Mais, quand il en fut à cent mètres, il s'arrêta
de courir, et roula pendant tout le reste
du trajet, afin de retrouver sa couleur à lui,
si agréable et si commode...

Ainsi Kangou et Rou restèrent dans
la Forêt... Et tous les Mardis, Rou passait
la journée avec son grand ami Lapin ;
et tous les Mardis, Kangou passait la journée
avec son grand ami Winnie, et lui apprenait
à sauter ; et tous les Mardis, Cochonnet
passait la journée avec son grand ami
Christophe Robin. Et tous étaient heureux
de nouveau.

Traduction de Jacques Papy

ISBN 2-07-056566-1
Titre original : *Kanga and Baby Roo Come to the Forest,*
extrait de *Winnie the Pooh* publié à l'origine
par Methuen & Co le 14 octobre 1926
Publié par Methuen Children's Books Ltd
dans la présente édition 1990
Numéro d'édition : 50918
Dépôt légal : Avril 1991
Imprimé à Hong Kong

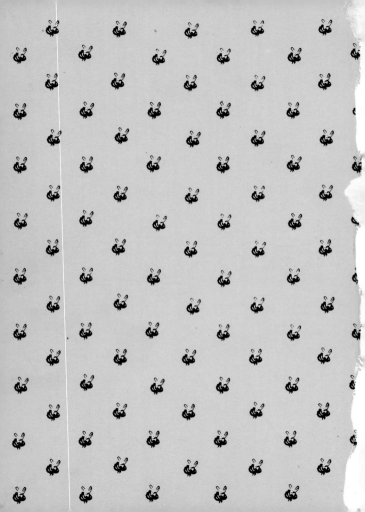